ぼくと
おじさんと
正義の味方

水上清 Sei Mizukami

文芸社

目次

或る青年の日記

四月

四月一日　晴れ

今日から日記を書くことにする。何故なら病院で余命宣告をされたからだ。本当にこんなことがあるとは信じられないが、私の命はあと約四カ月だそうだ。ふわふわした気持ちで病院から帰っている途中に思いついたのが日記だ。特に意味はない。自分の存在の証明などに興味はない。ただ四カ月だけなら続けられると思っただけ。それ以上なら生きているので飽きていつかやめるだろう。そうなることを祈ろう。

なお一人称はかっこよく『私』で統一しようと思う。

四月二日　晴れ

仕事が休みですることもなく暇を持て余していたら思いついた。考えたらこの状況は一昔前に流行したノンフィクションのドラマなどでよくあるものだ。なら私の日記も死後にドラマ化や映画化してしまうかもしれない。

いや、私にはこういう状況で映える恋人がいない。今からつくるか？　告白の言葉ならこうだろう。

「四カ月で死にますが、付き合ってください」

無理だな。ただの迷惑だ。どうやら私の死では感動を与えられないらしい。当然といえば当然だが。

四月三日　曇り

ネットで葬式の相場というものを調べてみた。どれくらいの規模でやるかは両親しだいだが、相場くらいなら私の貯金でもなんとかなりそうだ。個人的にはそんなところにお金をかけて欲しくはないのだが、世間的にも葬式を行わないというのも難しいだろう。こんなところで趣味がほとんど無いのが役に立つとは思わなかった。人生とは何が起こるかわからないものである。死ななかったらこのお金でしばらくは生きよう。

四月四日　晴れ

仕事を辞めることを上司に報告した。

「死んでしまうので」

とは伝えづらいので一身上の都合ということで押し通した。物凄く引き止められたことがとても嬉《うれ》しい。だがあまり迷惑もかけられない。四月一杯で辞めることになった。私は人間関係に恵まれていると感じた。

四月五日　曇り

近所の行きつけの定食屋のさば味噌《みそ》煮定食が絶品であることを今日初めて知った。今まで食べなかったことが悔やまれる。それほど感激した。全部食べ切れなかったことが心残りである。

四月六日　曇り

もう深夜も近い帰り道で植え込みに白い影を見かけたので猫かと思い静かに近づいたらコンビニのビニール袋だった。虚しい気持ちでビニール袋を近くのゴミ箱へ捨てた。

あまりに平和な一日だったがこのようなことしか書くことがなくて恥ずかしい限りである。

四月七日　雨

残業で遅くなってしまった。昼過ぎから降り始めた雨も強くなっている。雨は好きだ。湿った空気や傘をたたく雨の音に安らぎを感じる。暗くてもこんな中を歩いて帰るなら残業もいいものだ。

四月八日　曇り

仕事終わりに友人の高志《たかし》に誘われて一緒に夕飯を食べに行った。ゴールデンウィークあたりに遊びに行こう、などの話をした。他愛もない話題ばかりだったが、こいつは私が隠し事をしていることに気づいているようだ。頭が切れる友人はこれだから困る。だが気づいても聞いてこないところが高志らしい。その気持ちが本当にありがたい。

四月九日　雨

妹が食事に連れていけと転がりこんできた。面倒だと感じつつも車を出し、何が食べたいか聞いたところ私の一存でいいらしい。

途中でよって欲しいところがあると言い、妹の案内で車を走らせたら、高校生の分際で恋人を紹介しやがった。少し高いものでも奢《おご》ってやろうと思っていたが、少し悔しかったので行きつけの定食屋にしてやった。我ながら小さい器である。彼氏君はさば味噌煮定食を食べて笑顔で絶賛していた。見た目も中身も好青年である。これは本当に敵わない。

四月十日　晴れ

久々によく晴れた。溜《た》まっていた洗濯物と布団を一気に干す。この社員寮は部屋干しだと全然乾かないので、晴れだとありがたい。ついでに掃除をしていたらあっという間に一日が終わってしまっていた。こういう休日の使い方も悪くない。

四月十一日　曇り

仕事が思うように進まない。こういう状況はむしろやる気になる。この話を昼休みに同僚としたら笑われた。

「普通は逆だよ」

私は普通ではないのだろう……。

四月十二日　雨

高志から次の休みに花見をすると連絡があった。少し早い気もするが、それくらいのほうが混んでいないかもしれない。メンバーは高志のほかに高校の時からの友人の楓《かえで》、それに真由《まゆ》でいつもの四人だ。昔からあまりに代わり映えしない顔ぶれだが、このほうが面白いだろ。

四月十三日　雨

帰り道でばったり真由に出会った。仕事終わりで買い物をするようだ。幼馴染《おさななじみ》のよしみで荷物持ちを引き受けた。こいつは花見が楽しみなようで終始笑顔が絶えなかった。真由の家の前まで送り、私も帰路についた。

しかし、昔からの付き合いだが、真由は美人に育ってしまって困る。少し緊張してしまうのだ。早くいい旦那さんを見つけて幸せになって欲しいものだ。

四月十四日　晴れ

今日は実家の両親が所用で、私が妹に夕飯を与える役を任せられた。もう高校生なのだから一人でも大丈夫だと思うが、本人が兄のところで食べるというのだから仕方がない。外食でもよかったがたまには料理をするのもいいので自分で作ることにした。妹は子どもっぽいものが好きだからハンバーグを作ってやった。

「美味しいからむかつく」

というお褒めの言葉をいただいた。

四月十五日　曇り

いつの間にか明日の花見の弁当担当になっていた。みんな料理が上手《うま》いのに何故か私に押し付ける。いつものことだから覚悟はしていたが……。

私と真由は酒が飲めないからご飯ものとおつまみを分けることにしよう。さらに花見っぽく団子も用意しておくことにした。

四月十六日　晴れ

花見日和な陽気だった。人は思ったよりも多かったが混雑はしていなかった。楓とは久しぶりに会ったが、相変わらず女性なのにかっこいい。それを本人に言ったら怒られた。全員がそろうのは大学を卒業して以来だから約三年ぶりだろう。

酔っ払っていく高志と楓を見ながらのんびり真由と団子を食べた。桜は五分咲きで少し物足りないが、こいつらと騒げばそれだけで面白い。高志と楓の様子が昔より親密になったように見えて真由と色々な憶測をした。真相は二人の酔いが抜けた後日明らかになるだろう。

酔っ払い二人を真由と一緒に送り届けて、真由も家まで送った。弁当箱も空になってよかった。少なめに作って正解だった。

こういう時間は大切にしたい。

四月十七日　晴れ

少し疲れてしまった。どうやら昨日ははしゃぎ過ぎたようだ。早いが寝ることにする。

四月十八日　曇り

同僚に仕事を辞めることがばれた。別に秘密にしていたわけではないが、自分から話すことでもないと思っていたからだ。やはり理由を問われたが曖昧に笑ってごまかすことにした。

送別会を開いてくれると言ってくれたが、新年度も始まったばかりで忙しい時期なので辞退した。その心遣いだけで十分だ。人に自慢できるようなことは無いと思っていたが人間関係は非常に恵まれている。

四月十九日　雨

スーパーの特売のたまごを買い逃した。たまごがあれば食事はなんとかなるものだからショックである。だが気づいてみれば最近はたまごの消費が遅い。ならあまり問題ないだろうか……。

四月二十日　雨

図書館によってから帰ることにした。本は一度読めば満足するから買う必要は無い。図書館で読めば十分だ。

今日は特にめぼしいものは見つからず適当に時間をつぶすだけに終わった。

四月二十一日　曇り

話題があまり無い。だがこうやって日記が続いているのは我ながら意外だ。もっと早くに飽きると思っていたがそうでもないらしい。これは四カ月以上続くかもしれない。

四月二十二日　曇り

予定よりも早くに私に任されていた仕事が終わってしまった。あと約一週間はあるがその間はどうやって過ごそう。仕事をしていないのにお金をもらうのは罪悪感がある。仕方ないので書類整理や給仕をして過ごすことにしよう。

四月二十三日　曇り

最近ぱっとしない天気が続いている。洗濯物も溜まる一方なのでコインランドリーで一気に片付けることにする。お金を払って乾燥させるのには若干の躊躇《ためら》いがあるが、背に腹は代えられない。だが洗濯物の乾燥にはお天道様が一番だと思う。

四月二十四日　雨

高志と妹が遊びに来た。妹は私の友人たちと仲がいい。特に高志とは馬が合うようだ。真由は妹とも幼馴染といえるし、楓も姉御肌だ。考えてみれば私と一緒にいればいやでも懐くだろう。それより妹は休みの日に彼氏君を置いて違う男と一緒に兄の家に遊びに来てもいいのだろうか？　そう思っていたらインターホンが鳴り、出てみると噂《うわさ》の彼氏君だった。ジャージを着ているから部活帰りだろう。妹よ、彼女の兄の家にいきなり一人で行かせるのは難易度が高いだろう。既に振り回されている気の毒な彼氏君に同情していたら彼は笑顔でこう言った。

「そこがいいところです」

やはり好青年だ。眩《まぶ》しすぎる。

その後は高志の持ってきたテレビゲームでリズムに合わせてボタンを押すゲームをした。私はリズム感などが壊滅的なのを知っているからおそらくわざとそんなゲームを持ってきたのである。案の定ボロボロだった。しかし高志が最近よく顔を見せるのは私を心配しているからだろう。心配させないようにするにはいつもどおりにするのが一番だろう。それには多少の自信がある。

四月二十五日　晴れ

今日は久しぶりによく晴れた。今週で仕事も終わりである。主な作業は終わってしまったので資料の整理を丁寧に片付けた。それでもまだ山ほど資料は残っている。今日中には終わらなかった。終わらせたくないという気持ちもあった。

四月二十六日　晴れ

いつも給仕をやってくれている女子社員のかわりに私が上司にお茶を出してみた。

「辞めるやつのお茶なんか飲めるかよ」

と言いながらお茶を飲み、さらにおかわりまで要求してきた。同僚が笑いをこらえながら仕事をしているのが見える。給仕の女性も同様だ。私は笑顔でお茶のおかわりを注いだ。

この人の部下でよかった。

四月二十七日　晴れ

いつぞやのように帰り道で真由に会った。この時間なら真由に出会うようだ。荷物を持ってやり一緒に歩く。真由といても何もしゃべらないことも多い。私は自分から話すほうではないし、真由もおしゃべりではない。だが真由との間の沈黙は心地よく、私は気に入っている。真由も穏やかな顔だ。

私はこいつの泣き顔を見たくない。落ち込んだ顔も勘弁だ。真由は私の隠し事を知ったら心配するだろう。そんなことはさせたくない。真由には幸せに生きて欲しいと心から思う。

四月二十八日　晴れ

今日で仕事も終わりだ。正直辞めたくはない。やりがいを感じていた。面白いとも思っていた。それに皆に迷惑もかけたくない。しかし私がずっといるほうが迷惑になるかもしれない。いつ死ぬかわからない時限爆弾みたいなものだ。仕事の途中で死なれるほうが迷惑だろう。

今まで、ありがとうございました。

仕事が無くなったが社員寮にはあと一カ月はいていい契約になっている。実家はすぐそこなのだがせっかくなのでぎりぎりまで社員寮で過ごすことにする。荷物もそんなにないから引っ越しも楽だろう。

四月二十九日　曇り

仕事も無いのにいつもどおりに起きてしまった。のんびり朝食を食べながらテレビを見ていると世間では今日からゴールデンウィークらしい。私には関係が無いため忘れていた。そういえば高志が前にゴールデンウィークに遊ぶみたいな話をしていたがどうなったのだろうか？

四月三十日　晴れ

明日から京都に旅行に行くことになった。あまりに急すぎる。だと思っていたらすでに真由と楓には了承済みだという。私に予定があったり仕事があったりしたらどうするつもりだったのだろうか？

だが予定も何もないのだ。少し心配事はあるが、素直に楽しむとしよう。

五月

五月一日　晴れ

京都までの交通手段は高速バスだった。すでに高志が予約済みであり、見事な手回しである。バスの中の数時間はほとんど寝て過ごした。連休中の高速道路は非常に混んでいたが高志いわく、今日は初めから移動日の予定だったらしい。主な観光は明日からである。

ほぼ深夜に京都に到着し、今日の宿は簡素なビジネスホテルだった。ツインを二部屋取り、男女で分かれた。私としては無個性なこういうホテルが落ち着くが、明日はまた別の宿を取っているらしい。高志のイベントへの執着心には舌を巻く。あと、これを書いている途中で高志から日記なんて似合わないと笑われた。遺憾ながら、私も同感だ。

バスの中でずっと寝ていたがそれでも疲れたのでとっとと寝ることにする。

五月二日　曇り

今日は平日だが連休に挟まれているので皆は休みを取ったそうだ。旅行の日数はずいぶんと取ってあり、一つの場所をじっくりと観光するのが今回のテーマらしい。おそらくこれも高志の気遣いだろう。本当にどこまでわかっているのか見当もつかない。

初日は金閣寺周辺である。京都へ来たのが中学校の修学旅行以来であり、当時はまったく興味がなかったからほとんど素通りだった。しかし改めて見ると素晴らしいものである。今の私も神社、仏閣に特別な興味を持っているわけではないが、大人になるとまた違う見方ができるものだと思い知った。

金閣寺の次は龍安寺《りょうあんじ》である。正直名前を聞いてもピンとこなかったが、石庭は見事なものだった。子どものような感想しかここには書けていないが、これを読めばその感動を思い出せるだろう。ただこの趣のある雰囲気にもかかわらず高志と楓がうるさくはしゃいでいるのはどうなのだろう。ここでは二人と離れて真由と静かに見て回ることにした。真由には落ち着いた空気がよく似合うと思う。

宿は楓の知り合いがやっているらしい小さな旅館だった。それでも満室らしく一部屋しか取れなかったそうだが、安くしてもらっているだけで十分だろう。このあとの日程はすべてこの宿に泊まるらしい。古くはあるが立派であり、老舗《しにせ》のような空気がある。実際に長いことここで旅館をやっているそうだ。少し落ち着かないがすぐに慣れるだろう。

これを書いている横では三人でトランプをしている。楽しそうで何よりだ。申し訳ないが私は先に寝ることにする。少し疲れた。

五月三日　晴れ

今日は清水寺《きよみずでら》である。眺めが素晴らしい。ここは中学生の時とあまり印象が変わらない。中学生の私も同じような気持ちだったのだろうか？　だとしたら大人になったつもりでも私は本質的には変わっていないのだろう。喜ばしいのか嘆かわしいのか……。

ただ、中学生の私の隣には真由しかいなかった。高志とも楓とも付き合いは高校からである。気が置けない親友とはいつできるかはわからないものだ。

清水寺しか回っていないがいつの間にか日が暮れそうである。楽しい時間とは早く過ぎ去ってしまう。日が暮れる前に宿に戻った。

一日を締めくくる日記を書くことは私には日課になったが、それでも楓と高志は静かに笑っているのがわかる。それをなだめている真由だけが私の味方か。

五月四日　曇り

「今日は一日宿で過ごそう」

と朝食中に高志がのたまった。観光に来ているのだから外に出るものだろうと反論しても雨が降りそうだと聞き入れない。曇ってはいるが雨は降りそうにない。天気予報も降水確率は低いと言っている。なら考えられるのは私への配慮だろう。高志は間違いなく私の体力低下に気づいている。気を遣うなと言いたいが、真由と楓の手前言い出しづらい。それに二人とも同意しているようだ。なら私だけ反対しても意味がない。

結局宿でトランプをしながらの世間話。だがこれは大学の時以来の時間だ。卒業してからは皆がそろって世間話をすることがなかった。久しぶりに流れるこの時間はとても大切なものに思えた。

五月五日　晴れ

今日は嵐山に赴いた。紅葉で有名であるが青々しい姿もなかなかである。だがあまり嵐山での観光を思い出せない。それは夕食後の高志の言葉が原因である。

「六月に楓と結婚式を挙げるから」

これには唖然《あぜん》とした。真由がこんなに驚いている顔も見たことが無い。私も似たようなものだろう。聞けば旅行から帰ったら入籍するらしい。楓を見れば珍しく照れているようだ。ということは冗談ではないのだろう。確かに仲が良さそうだと真由とも前に話したが、ここまで進んでいるとは思わなかった。ここは素直に祝福しよう。結婚式の日付は一カ月後の六月五日らしい。最低でもそこまでは頑張ろう。

今日で京都観光は最終日で明日は帰るだけだったのだが、最後にとんでもない爆弾を落としてくれた。

五月六日　雨

何故か帰りの高速バスの中は変な空気が漂っている気がした。原因は後ろの席で仲良く寝ている二人だろう。真由も同じようでちらちら後ろを見ている。高志も楓もいつか誰かと結婚して子を授かると漠然と思っていたが、この二人がくっつくとは思わなかった。だけどそういうものかもしれない。仲良し四人組でも時間経過で関係が変わるのだ。この変化を楽しんだほうが面白い。私も時間の限り楽しもう。
真由も心の底から幸せだと思えるように頑張れよ。

五月七日　曇り

旅行から帰ってきて、とりあえず実家に顔を出した。両親はいたが妹はいなかった。京都のお土産を渡しつつ、六月になったら実家に引っ越すと伝えた。母は何か言いたそうだったが、父が一度うなずくのを見て母も何も言わなかった。私には私の事情があると感じたのだろう。すぐにばれてしまうとは思うがぎりぎりまでは自分のことは伝えたくなかった。悲しい思いはして欲しくない。

五月八日　晴れ

世間的にはゴールデンウィークの最終日。今の私には関係ないと思っていたら妹が八つ橋を持ってやって来た。そのお土産は私が昨日実家に置いていったものなのだが聞き入れない。仕方ないからお茶を淹《い》れてやり二人で食べた。

そのあとは彼氏君のことだとか、学校の友達のことだとか、こんこんと湧き出る話題に付き合わされ、夕飯を奢らされ、実家まで送らされた。嵐のような妹である。しかし時間を持て余している私にはちょうどいいかもしれない。タイムリミットが見えているのに持て余すとは思わなかった。変な感覚だ。

五月九日　晴れ

今日は一日図書館で過ごした。いい天気であり窓際で本を読んでいたらいつの間にか寝てしまった。心地よく、のんびり時間が進んだ気がする。気になっていた本も読めた。充実した一日だったと思うが、書くことが少ないのは何故だろう？

五月十日　晴れ

することもないから部屋の掃除をした。普段からまめに掃除をしているわけではないが、部屋に物が少ないからすぐに終わってしまった。あまり時間つぶしにはならない。掃除が楽なのはいいいがこんな盲点があるとは思わなかった。だけど必要性を感じないのだから仕方が無い。結局寝て過ごすことになった。

五月十一日　晴れ

今日も帰り道で真由に会った。もはや恒例ともいえるだろう。そこからはいつもどおり。真由の荷物を持ってやり真由の家の前まで送っていく。その間の口数は数える程度だが、私にはとても大切な時間に思える。時間にしてみればものの数十分だがこの時間だけは壊したくない。

五月十二日　雨

雨が降っているから散歩に出た。少し肌寒いがこれくらいのほうが身が引き締まる気がして好きだ。音は私の足音と傘を打つ雨の音、たまに遠くを走る車の音しか聞こえない。音楽を聴くことはほとんど無いが、この音なら延々と聞いていられる。きっと音楽プレーヤーでは駄目だ。直接聞かないとこの良さはわからないだろう。欠点としては靴がびしょ濡れになることだ。

五月十三日　曇り

少し遅くまで寝てみた。そうしたら腰が痛い、首が痛い、頭が痛いと三重苦である。昔は昼前まで寝ることもよくあったのだが今ではこのとおりである。慣れないことはするものではない。

五月十四日　晴れ

高志と楓が改めて報告に来た。正式に結婚したようだ。私だけではなんなので真由とついでに妹を呼んでやった。何故私の部屋に集まっているかはわからない。
報告と言っても私と真由は簡単に聞いているから驚いているのは妹一人だけである。

正式に招待状も渡された。結婚式に参加することなんて初めてである。それがこの二人なんて感慨深いものがあるというものだ。

その後は予想どおり妹からの質問攻めだ。ところどころに真由の鋭い質問も交ざっている。長くなりそうだからお茶を用意し高志に合掌する。昔から女の子は色恋話が好物である。今回の主役はお前と楓だから諦めろ。これを書いたら簡単にお祝いとして夕飯を作ってやることにする。

五月十五日　晴れ

昨日は結局全員私の部屋に泊まることになった。用意をしていたわけではないから簡単な料理しか振る舞えなかったが、実家から酒を持ってきて飲むことにした。普段から酒を飲むのは高志と楓だけであり、真由はほとんど飲めず、私はおいしさがわからない。妹は未成年だから勿論飲ませない。

私は最初の一杯しか飲んでいないが、真由は雰囲気でそれなりに飲んでしまった。高志も楓もおそらく普段よりも飲んだのだろう。結果私と妹以外が飲みつぶれた。妹も食べるだけ食べて何故か私のベッドで寝てしまった。私だけつぶれなかったのは貧乏くじを引いたかもしれない。全員に毛布をかけてやり、私も床で寝た。
案の定、酒につぶれた連中は二日酔いである。

五月十六日　晴れ

昨日、一昨日と比べると静かなものである。寂しくも感じるが一人で騒ぐのは馬鹿みたいだ。一人になるとやはり時間を持て余してしまうようだ。

五月十七日　曇り

また図書館に行ってみた。今度は今まで興味がなかったジャンルの本を読んでみることにした。主にホラーだ。
多少は読み進められたが途中で挫折した。眠くなってしまう。ホラーを読んで眠くなる私もいい加減図太い。

五月十八日　晴れ

やはり今日も真由に会った。どうやら少し待っていてくれたようである。

いつもはそんなに話さないのに、今日に限ってはこの前のことを言い訳のように若干顔を赤くしながらしゃべっている。この姿は新鮮だ。幼馴染でも見ていない側面を感じた。

だが酔っている真由を思い出し、笑ってしまった。こいつはずっと楓の話を聞いていたかと思ったら、電池切れのように急に寝てしまうのである。それに気づかない楓も楓だが。

笑ったのに気づいた真由の顔が先程よりも赤くなった。

五月十九日　晴れ

することがない。私から仕事を取り上げたら時間が余り過ぎる。テレビを見ているのもつまらない。今の私にとって趣味と言えるものは図書館で本を読むことと、この日記くらいだろう。

五月二十日　晴れ

近所のレンタルショップで昔の大作と呼ばれる洋画を借りてきたが、どうも映画は趣味じゃない。映像はすごいと思うが、時間内に収めるためか、情報量が少ない気がする。私には本のほうが性に合う。身の程をわきまえよう。

五月二十一日　曇り

妹と彼氏君が遊びに来た。君たちはデートする場所を間違っていると思う。せめて実家に行くべきだ。ここから徒歩で数分だ。だが来てしまったものは追い返すわけにはいかない。一応お茶を振る舞った。

そして果ての見えないのろけ話が始まった。多分、自慢だ。二人とも今年は受験生なのに大丈夫かと思ったが、妹はこう見えて勉強ができる。こいつの通知表を見て舌を巻いた記憶がある。彼氏君も年上に対しての対応がかなりしっかりしている。のろけ話から察するに成績も妹と同等くらいだろう。なら心配するほうが野暮ってものだ。末永く付き合ってくれ。彼氏君は苦労するだろうけど……。

五月二十二日　晴れ

また妹が来た。今日は真由と楓をお供につれてだ。

「女子会を開く」

意味がわからない。何故私の部屋で行うのだろう？　もうすぐ引き払うとはいえ家主は私のはずだ。当然のごとく私の異論は却下され、妹はソファに座る。真由も楓も同様だ。私がソファに座るのも却下された。横暴である。

結局、部屋の隅で静かに小さくテレビを見ているしかなかった。どうやら私は狸《たぬき》の置物程度の存在らしい。

五月二十三日　晴れ

流石《さすが》にそろそろ引っ越しの準備をするべきかと考えたが、あまりにも物が少ない。主な家電は備え付けがほとんどであり、私の私物はソファとテーブル以外では、あと段ボールが二つか三つあれば間に合うだろう。準備はもう少し先でも大丈夫である。

五月二十四日　曇り

そういえば最近高志に会っていない。週末は大体来ていたのにこの前は来なかった。高志も結婚して忙しいのだろう。世間体やら何やらをことさら気にしないといけない。独身とは気楽なものである。

これまでは定期的に私に会おうと努力していたのかもしれない。だが楓はもとより、真由や妹とも裏では繋《つな》がっているだろうから、私のことは気にせず、自分のために時間を使うべきである。なんなら私から連絡をしてもいい。信憑性《しんぴょうせい》には欠けるだろうが……。

五月二十五日　雨

雨でも真由は待っていた。冷えるから帰っていてもよかったと言っても笑顔で首を横に振るだけだ。体を壊してほしくはないのだが、真由は案外頑固だ。なら私が言っても聞かないだろう。だったら私もその気持ちをありがたくいただこう。私にとってもこの時間は大切なのだから。

五月二十六日　雨

雨の中、図書館に行ってきた。今日は大昔に読んだ本を読み返した。小学生の時に読んだいわゆる児童書というものだ。昔はこれをどきどきしながら読んだものだ。今読み返すと陳腐なものだが、昔感じた気持ちも微かに感じ取れた。それだけでも満足だ。

五月二十七日　曇り

少し寝過ごした。前に寝る時間を増やした時は無理やりだったのに、今日は自然とである。人間の体とは面白い働きをするものだ。

五月二十八日　曇り

今日は高志が来た。ちょうどいいから引っ越しの手伝いをしてもらうことになった。しかし、ものの二時間ほどで荷造りが終了してしまった。物が少ないと楽なのか寂しいのかよくわからなくなる。

二時間しか手伝ってもらっていないが、一応礼として夕飯を奢った。

五月二十九日　晴れ

ソファとテーブルを実家の軽トラックで運んでしまった。そうしたらリビングが無駄に広く感じる。

くつろぐ場所がどこにもないことに運んでから気がついた。

五月三十日　晴れ

部屋がだいぶ広くなったところで大掃除をした。普段しなかった窓ガラスや冷蔵庫の裏側など、徹底的に掃除をした。疲れてしまったがくつろぐ場所が無いのが悲しい。

小さく布団に包《くる》まって寝ることにする。

五月三十一日　晴れ

今日でこの社員寮も最後だ。大学を卒業してすぐだから二年と少しくらいだろうか。

実家にかなり近かったが、ある程度書類もそろっているし、ネットの回線も速いから仕事をする上ではこちらのほうが楽になる。それに住んでいる人が少なく気を遣わなくてもいい。だから社員寮に住んでいたが、居心地がよかった。明日からまた実家に住むことになる。

六月

六月一日　晴れ

実家の私の部屋は物置きにされていたため、しばらくは客間で寝ることになる。寝るだけだから問題はない。布団も今まで使っていたものと同じだ。寝る場所が変わっただけのような気しかしない。場所も近いので当たり前といえば当たり前である。そして今日も真由と会った。住む場所が実家になり、真由の家とも近くなった。まるで学生の時のようである。思えば昔からずっと一緒にいたものだ。

六月二日　曇り

そろそろ梅雨《つゆ》の季節である。少し楽しみだ。一般的には雨は不便でしかない天気かもしれないが、趣があるものだと思う。洗濯物が乾かないというところは私も不便であるが……。

六月三日　曇り

実家の暮らしも一人暮らしもあまり変わらない気がする。実家では毎日家族の顔を見るくらいだ。

我が家は昔から料理も掃除も当番制である。妹だけは料理当番から外されているがご愛嬌《あいきょう》だ。彼女の料理の腕前は……。

だが今の私はほとんど居候《いそうろう》だ。できる家事くらいは私がするべきだろう。

六月四日　雨

明日は高志と楓の結婚式である。ジューンブライドとはあいつらもロマンチックなものだ。妹もちゃっかり招待状をもらっていたので真由と妹を車に乗せ、私が運転することになるだろう。

実はかなり楽しみにしている。今日は早く寝ることにしよう。

六月五日　晴れ

高志と楓の結婚式だ。昨日までの雨が嘘《うそ》みたいによく晴れている。日ごろの行いがいいのだろう。

予想どおり真由と妹を乗せて私が車を運転することになった。式場まで少し距離があったが、早めに出たから問題なく、むしろ早く着いてしまった。規模はあまり大きくないようで、ほぼ身内だけのようだ。

真由と妹は楓の様子を見に行ったようで、私は高志のところに顔を出した。高志は高そうなタキシードを着て、髪型を見事にきめながら、うろうろと落ち着かない様子だった。少し笑ってしまったことは申し訳ない。

高志を落ち着かせていると高志の両親が入ってきた。おじさんとおばさんに会ったのは久しぶりだ。元気そうで何よりだ。

結婚式での誓いのキスは何故か恥ずかしくなった。二人とも私の友人なのだから、キスしている姿を見せないでほしい。本当に恥ずかしい。

披露宴では真由が友人代表としてスピーチを行った。こういう真面目な場面では私より真由のほうが華もあり受けがいい。スピーチが終わると二人とも挨拶やらお色直しやらと、目まぐるしく歩き回っている。結婚式とはこういうものなのか……。式が始まってからはゆっくりとは話せなかったが、幸せな姿を見せてもらえた。

六月七日　雨

ついに一日日記を飛ばしてしまった。物凄い罪悪感だ。この日記は言わば私の生命線だ。できるだけ気をつけることにしよう。戒めとして飛ばしてしまった日付はこのままとする。

六月八日　雨

梅雨入りをした。しばらくの間は雨が続くだろう。
帰り道で真由が待っていてくれた。今日の真由との会話は結婚式の話題だ。やはり憧れがあるのだろう。あの真由がしゃべり通しだ。
この前から幼馴染の別の一面をよく見る。ずっと一緒にいたと思っていたが、そうでもないようだ。

六月九日　雨

どうやら私の部屋を物置きから変更するつもりは無いらしく、この客間が第二の私の部屋になりそうだ。不満はないが釈然としないものを感じる。

六月十日　雨

母は大変な読書家だから図書館に行く必要が無いのは楽である。私の部屋を占拠している大半はその本たちだ。母は私と違い何度も気に入った本を読み返し、また読む量も半端ではないのだ。必然、本は溜まっていくのである。

母のすすめる本にははずれが無い。私の好みをよくわかっている。

六月十一日　雨

高志が少しだけ家に寄っていった。聞けば近くまで来たついでだそうだ。本当についでなようで、お茶を出すまもなく去っていった。高志も忙しそうだ。

六月十二日　雨

今日も本を読んで時間をつぶす。

物語に浸りながら、先が見えるから余っているように見えるのかもしれないと、可《お》笑《か》しな考えに囚われてしまった。

六月十三日　曇り

雨は降っていない。しかし、どんよりとした雲が大きく広がり、空気がじめじめとしている。妙に蒸し暑い。それは夜でも例外ではなかった。雨が降っていると肌寒いくらいなのだが……。

要するに寝苦しい夜である。

六月十四日　雨

とうとう私の靴下のストックが切れた。いい加減洗濯物には乾いて欲しいしだいである。裸足《はだし》だと若干冷えるのだが、無いものは仕方が無い。今日くらいは我慢するとしよう。

六月十五日　晴れ

梅雨の中日というのだろうか。恐ろしくよく晴れた。日差しが厳しいほどである。今日は真由のほうがあとから来た。待たなくていいと言った私が待っているのだから仕様が無い。

昼間は六月なのにうだるような暑さだったが、夕方になるとだいぶ涼しい。気の早いヒグラシが鳴く中を真由と帰った。

六月十七日　雨

妹をからかって遊ぶのもそろそろ限界かもしれない。あいつ変なところで真面目だからそれっぽい嘘を平然と信じてしまう。見ている分には面白いのだが、将来が心配になる光景でもある。

六月十八日　雨

妹に誘われ一日中ゲームの相手をさせられた。色々なゲームをしたが対戦となるとほとんどゲームをしない私はいいカモである。ボロボロにしてもまだ解放されない理由はどうやら昨日の腹いせのようだ。妹をからかっていたつけが来たのだ。以後、慎むべし。

六月十九日　曇り

結局、また本を読んで一日過ごしてしまった。だがこの家の本は全然減った気がしない。読む速さには割りと自信があるのだが、大量にありすぎるのだ。

私の一生かけても全部を消化することは無理かもしれない。

六月二十一日　雨

少し疲れた。すぐに寝ることにする。

六月二十二日　雨

久しぶりに外に出た。ほとんどひきこもりのような生活だった気がする。
傘をさしながら隣を真由が歩く。ふと、あと何度こうやって真由と歩けるだろうと、私らしくないことを思ってしまった。幸い傘で真由から私の顔は見えないだろう。

六月二十三日　曇り

雨が降っていない隙をついて蝉《せみ》が一斉に鳴く。まだ慣れていないのか少しぎこちない鳴き声が妙に微笑《ほほえ》ましい。
季節はもう夏である。

六月二十五日　雨

家事を全て母に押し付けてしまった。少々気を引き締めないといけない。

六月二十七日　曇り

多少厳しい。だけどまだ大丈夫。

六月二十九日　晴れ

真由が今日は華やかな格好をしていた。

「デートか?」

と尋ねたら、

「まあね」

と色のある返事だった。

その後は笑いながら二人で帰る。お互い寂しい独り者だ。

七月

七月一日　雨

入院した。

流石にこれでは隠しきれないだろう。だが心配もかけたくはないのだ。これは今の私の命題といえるだろう。

七月二日　雨

家族が見舞いに来た。医者から話は聞いただろうに普段どおりに接してくれた。

母は最近読んだ面白い本の話。

妹は彼氏君とののろけ話。

父はいつもどおりに多くは語らない。

ありがたい。

七月三日　曇り

真由、高志、楓が見舞いに来た。真由と楓が少し不安そうな顔をしていたのは気のせいだと思いたい。

高志から板チョコ型のパズルをもらった。

「それで暇をつぶしてくれ」

といつもの調子で言ってくれた。真由も楓もそれで不安が雲散霧消したようにいつもどおりだった。

それが本当にありがたい。

七月七日

なんで……

七月八日　雨

昨日は少し取り乱した。幸い誰も来なかった、と思う。気をつけるようにしなくては……。

七月十日　晴れ

「あの木の葉が全部散ったら私は……」
という台詞《セリフ》を言おうと思ったが、窓から見える並木道は残念ながら青々と茂っている。今から夏本番だ。無理も無い。

七月十三日　曇り

外は蒸し暑く汗が止まらない、らしい。
この部屋は冷房が効いていてすごしやすい。だが夏は暑いほうが好きだ。日本に住んでいるのだから四季は楽しまなくては。夏は夏らしく、冬は冬らしいほうが楽しいってものである。情緒や趣は大事にしたほうがいいだろう。

七月十八日　晴れ

今日は海の日だ。そういえば父と母は毎年この時期に旅行に行っていた。今年も楽しんでもらいたい。

妹はもうすぐ夏休みだろう。受験なのだからこの夏が大事だ。だが心配することもないだろう。しっかり者の彼氏君がついている。何より自慢の妹だ。

高志と楓も新婚旅行にまだ行っていないだろう。あの二人が新婚とは変な気分だ。諸行無常。常に同じものは無いってことだろう。だがいつまでも幸せであって欲しいものだ。

真由も同じだ。いや、誰よりも幸せでいて欲しい。真由はいい女だ。いつかいい旦那が見つかるはずだ。高志と楓、さらに私の妹もいるのだから、あとは旦那でもいれば楽しく幸せに暮らすことなんて簡単である。

ああ、書いていて気づいた。人に恵まれているのは私も同じだ。なら皆に感謝をしなくては。本当にありがとう。

七月二十五日　晴れ

星がよく見える。そういえば七夕《たなばた》の日は何もできなかったが、星に願うのもいいかもしれない。信心は薄いが、今まで願ったことが無いからその分も加味してくれるとありがたい。

みんながしあわせでありますように

八月

八月一日　晴れ

お前が何か隠し事をしているのはわかっていたが何を隠しているのかまでは全くわからなかった。それもこの日記のおかげだろう。

お前は私たちの前であんなにもいつもどおりだった。それは日記をいつもどおりに書けたからじゃないかと私は思っている。だから油断した。たいしたことじゃないと高を括った。

悔いてはいない。そう仕向けたのはお前だからお前の望みどおりだったならそれでいい。息子の趣向を理解するのも親の務めだろう。

しかし、親に葬儀をさせる親不孝者へのちょっとした罰だ。この日記は皆にも読んでもらうぞ。

八月一日　晴れ

この日記を読んであなたがどんな気持ちで生きているのかわかった気がする。死が見えている人とは思えなかった。だけどこの日記はあなたの本心かもしれないけど、心の裏側では無いでしょう。

あなたは気づかなかったみたいだけど七月七日にも私はあなたの様子を見に行っているの。そして取り乱しているあなたの姿を見た。本当に日記が精神安定剤になっていたみたいね。

本当は不安だったのかもしれない。周りを呪《のろ》ったのかもしれない。だけどあなたはそう思いたくはなかった。その気持ちを出すと心配させてしまうから……。

とても優しい息子だと思う。本当にお父さんとそっくり。自分よりも周りの気持ちを優先する人。私はもっと幸せに生きて欲しかったけど、あなたは幸せだったみたいね。

八月一日　晴れ

私の兄は馬鹿だと思う。余命宣告されているのに誰にも言わないなんて。だけど私はもっと馬鹿だ。それに気づかないなんて。

後悔とか悲しみとか色々とあるけれど、だけど私は笑ったほうがいいと思う。

自慢の兄のために。

八月一日　晴れ

お前は約束を必ず守った。時間にも正確だ。だけどこんな時まで時間を守るなよ。

日記を読むとお前は私のことを高く評価してくれているようだった。だけどそれは違うよ。お前が本当に危ないと気づいたのは入院してからだ。私も騙《だま》されたよ。

本当にすごいのは私じゃなくてお前だよ。

お前はよく「人間関係に恵まれた」と言っていた。この日記にも書いてある。だけど多分それは逆だ。お前の人間性に惹《ひ》かれるんだ。これは私だけではないはずだ。お前じゃないとその人間関係を構築できないよ。この場にいる人たちはお前の前では泣いてないんだ。お前が泣かれたくないだろうから。皆をそんな気持ちにさせるお前のほうがずっとすごいよ。

じゃあな親友。お前も結婚しろよ。

八月一日　晴れ

私は皆みたいにこの日記に書いたことがあんたに届くとは思ってない。だから書くが、全員泣いているよ。お前の前や人の前では泣かないだけだ。恥ずかしいけど私も泣いた。あんたは泣かれるほどの人間なんだよ。気に入らない人が死んでも悲しいわけが無い。

一つだけ不満を書かせて欲しい。なんで真由を幸せにしてくれなかった。なんで見知らぬ未来の旦那しか幸せにできないと思った。なんでお前が私の親友を幸せにしてくれなかった。

理由はわかってる。時間がない自分には無理だと思ったんだろう。だけど、それでも私はあんたに真由を幸せにして欲しかった。

八月一日　晴れ

私がもらっちゃっていいのかな？　皆はうなずいているけど、貴方も拒否しないでね。

気がついているかな？　一日目に書いてある一人称は『私』で統一することをみんなが守っていること。貴方にとって何気ないものだったのかもしれないけど、みんなはそれを律儀に守っていることを。高志君が『私』って書いているのを想像すると笑っちゃうね。みんなにとって貴方はそれほどの存在なんだよ。

私にとってもそう。貴方が望むなら四カ月だけじゃなくて、一生一緒でも良かったんだよ。

わかってる。貴方はそんなことを望まないね。

だけどしばらくは無理……。

八月一日　曇り

気分が暗くなってしまう。世界が暗く感じるのは天気だけじゃあないはず。

泣いてはいない。それは見せたくない。

だけどあれ以来、笑えてもいない。私はどうやって笑っていた？

八月一日　雨

高志君と楓ちゃんの間に子どもが生まれたよ。それでやっと笑えた気がする。

二人とも幸せそうだ。二人とも昔から同じ姿とはいえないけど、ずっと幸せそうだ。変わらないものはないけど、いつまでも続く幸せはあるみたいだね。

妹ちゃんも大学は楽しそうだ。彼氏君も彼女に引っ張りまわされているみたい。だけど幸せそうだよ。

今度は私だね。

八月一日　雨

私のことを好きと言ってくれる人が現れたんだ。職場の同僚で、私より年下。返事は保留中。笑えるようになったし、自分の幸せを探しているけど、無意識に貴方と比べているようでは駄目。彼にとっても失礼で、貴方にとっても失礼だから。

八月一日　晴れ

彼と交際することになったよ。私にとって初めての男女交際だからわからないことだらけ。色々と失敗していると思うけど、それも含めて楽しいと思えるんだ。

八月一日　晴れ

私は自分の幸せを見つけられたよ。誰よりも幸せだと胸を張って言える。

私はいい女だからね。いい旦那様も、勿論、高志君も楓ちゃんも妹ちゃんも彼氏君も、貴方に関わった人は皆幸せに暮らしているよ。

だから私もここまで。

今までありがとう。

それじゃあね。

みんながもっとしあわせでありますように

ぼくとおじさんと正義の味方

『ぼく』

ぼくの父親は正義の味方だ。

家《うち》はぼくと母さんの母子家庭である。女手一つでぼくを育ててくれているのだ。母さんは豪快で男らしい性格である。父親が家にいないことなどまったく意に介さない。この女傑はいわゆるキャリアウーマンというやつで、勤め先の会社でなくてはならない存在だと自分で言っていた。実際に朝早くから夜遅くまで働いているからそのとおりなのだろう。そこまでして働いているのはぼくのためでもあるのだろうから、家事や炊事はできる限りぼくがやっている。

父親に会ったことはほとんど無い。物心つく頃にはすでに家にいることはなく、ぼくが幼稚園を卒園する前に死んでしまった。だからぼくには父親との思い出が無く、父親がどのような人でどのような仕事をしていたかなどをぼくは知らない。

父親に関わることで覚えていることが一つある。それは父親のお葬式だ。幼いながらもはっきりと覚えている。まだ一度しか経験したことがないから比較のしようがないが、大勢の、本当に大勢の人が参列していた。ぼくの知っている人はほんの一部だけで老若男女問わず、外国人までいた。そして皆が一様に泣いていたのだ。

泣きながらぼくや母さんのところに挨拶に来る。様々な人の様々な言葉を母さんが受け答えしている中、皆が口々に言うのである。

「あの時はありがとう」

「本当に助かりました」

お礼の言葉の数々だった。

ぼくには何のことだかさっぱりわからない。母さんの反応を見ていると母さんも初めて会う人が大勢いるみたいだ。それでも母さんは皆に言う。

「旦那はそういう人でしたから」

父親が感謝されるべき人間だと理解し、答えていた。

ぼくはその時に初めて父親に興味を抱いたのだ。


小学校に入学してすぐに担任の先生が父親のことを知っていると知った。直接会ったことはないらしいが当時の父親はちょっとした有名人だった。

『日本人男性、内戦地帯で死亡。流れ弾から子どもを守った正義の味方！』

という見出しが新聞やニュースで流れたらしい。父親が死んですぐの状況は幼かったからあまり覚えていない。

しかしこれで少しお葬式のことが納得いった。父親は正義の味方だったのだ。皆から感謝され、亡くなったのを惜しまれる人間だったのだ。

それからぼくは皆に感謝され、泣いてもらえる父親に憧れた。だがぼくは父親のことを知らない。父親のことを語るキーワードはどこかの知らない誰かがつけた『正義の味方』という見出しだけだったのだ。

当然、ぼくは父親のことを知ろうとした。一番身近である母さんに父親のことを訊《き》こうとしたのである。

しかし、できなかった。豪放磊落《ごうほうらいらく》という四字熟語がよく似合う母さんが唯一父親のお葬式の時だけ泣いていたのを思い出した。そうしたら何故か訊くことができなかった。なんとなく怖かったのだ。

そしてぼくは曖昧とした正義の味方という父親を知ることもできないまま、それでも惹《ひ》きつけられていた。

そのまま年月はたち、ぼくは五年生になり、あるおじさんに出会った。

『ぼくとおじさんと正義の味方』

「やあ、少年。傘をお忘れかな？」

寒さも深まり、もう一枚かけ布団を増やそうかという季節。木の下で雨宿りをしていたぼくにおじさんが話しかけてきた。


登校する時は傘を持っていた。朝は雨が降っていなかったが天気予報で午後からは天気が崩れることは確認済みだった。学校を出た時もまだ雨は降っていなかったが、いつもなら学校に傘を忘れることはまずない。今日はぼくがいつもと違った。

そして下校途中に雨に降られてしまった。冬も間近なのに雨の中を濡《ぬ》れながら帰ったら流石《さすが》に風邪をひいてしまう。どうやって帰ろうかと考えている時におじさんが話しかけてきた。

おかしな雰囲気のおじさんだ。知り合いではない。身長は平均的で、体型は少し痩せ型だが普通。ただ年齢がよくわからない。若くも見えるし、老いても見える。不思議な人だ。

「傘を忘れたのならこの傘を貸そうか？」

おじさんはぼくがじろじろと観察をしているのを気にも留めずに自分のさしている傘をこちらに渡そうとしてくる。

「いえ、結構です」

できるだけ素っ気無く聞こえるように注意しながら言う。いくら傘を忘れても見知らぬ人に借りる気は起きない。道を歩く子どもに大人が話しかけるだけで通報される世の中だ。警戒心はお互いに高いほうがいい。

「でもそこ濡れるだろ？」

さらにおじさんは話しかけてくる。口調は柔らかいが妙に押しが強い。ただ、実際にさっきより雨が強くなって天然の屋根では雨粒を防げなくなっている。

「それでもお借りするわけには……」

「なら私の傘に一緒に入っていくかい?」

どうしても雨の中、木の下にぼくをいさせたくないようだ。これ以上抗っても雨が強くなるだけかもしれない。しょうがないから妥協案を出す。

「だったら近くの公園に屋根がついた休憩所のようなところがあるので、そこまでお願いします」

「お安い御用だ」

ぼくの呆《あき》れ顔とは対照的にとてもいい笑顔だ。

近くの公園といってもここからだと歩いて十分くらいかかる。家に近いわけでもないが、家まで送ってもらうのは気が引ける。見知らぬ人を家に案内するつもりはない。

「しっかし、君は大人っぽいね」

「またですか……」

隣を歩きながらおじさんが話しかけてくる。一つの傘に入るものだから近い。気まずくてつい本音を言ってしまった。

「おや？　そう言われるのは嫌いかな？」

「そんなことは無いですけど……」

大人っぽい、とはよく言われる。だがこれは可愛げないや、さめている、などの言葉をオブラートに包んだ言葉だ。ぼくにそのつもりはないのだが、そう見えてしまうらしい。

「君は料理が得意かい？」

「はい？」

少し自分の生活態度を思い返しているとおじさんから突飛な質問が来た。

「いきなりなんですか？」

「私は結構料理ができると思うんだけどな」

聞いていない。何のことかわからないが、とりあえず答えることにする。正直に言って怪しい人だが嘘《うそ》を言う必要も無いだろう。

「得意とは言いませんがある程度はできると思います」

するとおじさんは満足がいったようにうなずいている。

「やっぱりね。料理は合理的な行動を学べるからね」

いまいちおじさんの言おうとしていることがわからない。

「ただ、なんでも合理的に動こうとすると可愛げなく見えるから気をつけたほうがいいね。ましてや君は子どもだ」

おじさんはニヤッとしてそう言う。

「それは、さっきぼくが大人っぽいという言葉に反応したから言ってるんですか？」

「まあ、そうだね。私の言う大人っぽいと君の言う大人っぽいに違いがある気がしたからね」

この人はぼくの考えでも読めるのだろうか。可愛げないというワードはまさに大当たりだ。

「私が君に思う大人っぽいは、合理的で思慮深く、さらに謙虚ってことだね」

「何を根拠にそう思うんですか？」

この人と会って数分しかたっていない。不信感が大きくなったが、興味も抱いた。

「君は何かと考えるのが癖だろう?」

「何故そう思うんですか?」

内心では驚いた。ぼくは思考することが癖になっている。働いている母さんしか家族がいないからどうしてもぼくが事に当たることが多くなる。ただぼくは子どもで絶対的に経験がたりない。だから考えるようになった。単純に性に合っていたというのもある。家事をする、本を読む、そして特に人と話す時は注意深く相手のことや話の内容を考えるように心がけるようにした。

頭の中身は人には見えない。おじさんに何故ぼくのことがわかるのか。さらに気味が悪いが聞かないのも気持ちが悪い。

「君を見てればわかるよ。家を教えずに公園を指定する警戒心、それでも利用する合理性、あと時々表情が消えている時に色々なことを考えているのかな?」

おじさんが笑いかけながらそう言う。ぼくは言葉に詰まってしまった。

「これで常に愛想笑いでも浮かべられたら処世術として使えるね」

「処世術って、褒められてる気はしませんね」

なんとかそう返すことができた。

「処世術の意味を知っている君もどうかと思うけどね」

おじさんは笑みを浮かべながらそう答える。

このおじさんは面白い。とても興味を惹かれる。どうすれば他人をこれほどに知ることができるのだろうか。単純におじさんと話をしたくなった。

「ねえ、おじさん」

「なんだい？」

「おじさんは正義の味方ってなんだと思いますか？」

「さぁ、なんだろうね」

おじさんは即答する。

「じゃあ、おじさんは正義の味方ですか？」

「さぁ、どうだろうね」

またも即答するおじさんの顔色は変わらない。だけど少しだけ、声が強張っている気がした。

公園に到着した。遊具は少ないがなかなかに広く、普段はぼくよりさらに小さい子どもたちが遊び、ランニングしている人やウォーキングしている人を見かけるのだが今日はいいない。しかし人はいないが近くに人が住む家もあるし、道路からの見通しもいい。だからここの休憩所を指定した。

屋根の下に入りベンチに腰を下ろす。おじさんとも少し残念だがここでお別れだ。雨が止むまでここで雨宿りだ。少し肌寒いがこれくらいなら大丈夫。雨はさっきよりも強さを増しているのでここに場所を移して正解だったと思う。

「よっと」

「え?」

おじさんが隣に座った。ぼくをここまで送ってくれたからそのまま帰るものだと思っていた。

「君、正義の味方について聞いて欲しいのだろう?」

どこまでお見通しなのだろう。

「敵わないですね」

「今日、学校の授業で将来の夢について聞かれました。そして正義の味方と答えたら皆から笑われて、先生からも怒られました」

何故真面目に答えないのか、と怒られた。ぼくは真面目に考え、真面目に答えたつもりだ。ただ、そのまま弁明もできずに終わってしまった。

「君は悲しかったんだね」

「え？」

おじさんは表情を変えずに、それでも少しだけ悲しみを含んだような声で言った。

「違うのかい？」

こちらを向いて問いかけてくる。

「いえ……そのとおりです」

正義の味方という言葉が馬鹿げて聞こえることは承知済みだ。皆から笑われることも予想できた。だけど、そこから話を聞いてもらえないことには驚いた。話を聞いてもらえず、打ち切られたことが悲しかった。

少しの沈黙のあと、おじさんが話し始めた。

「君がどういう都合で正義の味方になりたいのか知らないけど、君は正義の味方ってなんだと思う?」

「それは……」

答えられると思ったが、言葉が出なかった。

ぼくにとって正義の味方とはほとんど覚えていない父親だ。出会った人に泣いてもらえるほどに影響を与え、見知らぬ子どもをかばって死んだということくらいしか知らない。

ぼくは正義の味方に憧れながらも正義の味方とは何かを考えたことが無かった。

「答えられないかな?」

悔しくて泣きそうになる。先生にとっさに弁明ができなかったことも納得した。ただ妄信的に正義の味方という父親に憧れていただけだった。思慮深くあろうとしていたのに、自分の目標に対しては考えないようにしていた。先生の言うとおり真面目に考えていなかった。悲しいと思う資格がなかった。

雨が土砂降りになっている。時間がたった。どれくらいかはわからない。頭がガンガンする。だけどさっきより少し落ち着いた。雨の音が聞こえる。

おじさんはずっと黙って座っていたみたいだ。ぼくが落ち着くのを待っていてくれたみたいだ。

「それじゃあさ……」

雨が屋根を強くたたく音の中でも何故かはっきりとおじさんの声が聞こえる。

「今、考えてごらん、正義の味方についていてね。私も微力ながら手伝うよ。どうせ雨でまだ帰れないだろ？」

「……はい」

おじさんの言うとおりだ。実際に雨でまだ帰れそうにもない。だったらこの時間を有効に使おう。

「口に出さなくていいよ。頭の中で考えるだけでいい。君はどうして正義の味方に憧れたのかな？」

多くの人に影響を与えた父親に興味を持ったからだ。ぼくにとっては父親と正義の味方はイコールでつながっている。

「正義の味方はどんなことをするのかな？」

父親がどんな人でどんなことをしてきたのかは知らない。唯一具体的に知っているのが子どもをかばって死んだということだけだ。

「それについて君はどう思う？」

すごいことだとは思う。美しいことだとも思う。ただ、ぼくは母さんが泣くのを見ている。多くの人が泣くのを見ている。泣くのは見たくない。

「君はどうしたい？」

同じ状況だったらぼくも生きたいし、相手も生かしたい。状況を考えるとそんな暇は無いだろうが、もしできるのならその子にどうしたいのか聞きたい。ぼくがどうしたいか、相手がどうしたいか考えて動きたい。どんなに困難でも、それが正しいと思う。

ああ、これだ。

自分で考えて、自分で正しいと思ったことをできる人が、ぼくは正義の味方だと考えたんだ。ただ頑ななだけではなく、周りに耳を傾け、自分の考えと混ぜ合わせて、その上で正しいと思った行動をすることができる人になりたいんだ。

「答えは出たかな？」

「はい」

ぼくははっきりとうなずく。

「それじゃあ、君は正義の味方ってなんだと思う？」

「人の話を聞けて、自分で正しいと思えることを考え、それを行動できる人です」

「へぇ……」

おじさんが興味深そうにうなずく。

「なら君はたとえ犯罪でも正しいと考えたなら行動できるのが正義の味方だと思うのかな?」

「ある一面ではそうです。しかし倫理や常識を踏まえてです。それらは基本的に正しいものだと思いますので。その上で自分だけの考えに囚われない人です」

ぼくがそこまで言うとおじさんはまた少し強張ったような声で言う。

「理想論だと思うなぁ」

多分、正義の味方というフレーズはおじさんの何かに触れる言葉なんだと思う。だから思うままに答えた。聞いて欲しかったというのもあるが、そのほうがいい気がした。

「そりゃあぼくの理想ですから。だけど折れるつもりはありません」

ぼくの答えを聞いておじさんは少しだけ固まり、すぐに大きな溜《た》め息《いき》を一ついた。

「しかし、君は意地悪なことを聞いたのにあっさりと答えるね」

笑いながら言ってくる。声も戻っていた。

「おじさんは小学生相手にえげつないですね」

「君が小学生だと思えないからだよ」

「褒め言葉だと思っときますよ」

雨は少し弱くなっていた。


しばらく雨の音を聞いたあと、不意におじさんが話しかけてきた。

「少年に聞いてもらいたいことがあるんだけど、いいかな？」

「いいですよ。弱くはなっていますけど、どうせ雨でまだ帰れませんからね」

自分の口上をまねされたのがわかったのか、おじさんは少し笑う。そしてまた話し始めた。

「私はね、正義の味方だったんだ」

表情はさっきの笑みを浮かべたままだ。だけど声はやはり少し強張っている。

「人助けをすることが正義の味方だと思ってね。それだけを突き詰めていたんだけど、世の中はどうもそんなに単純じゃあないみたいだね。自殺をしようとしてる人を止めたら、その家族にまで白い目で見られるとは思わなかった」

おじさんの表情も声色も痛々しいほどに変わらない。

「手を貸したら寄生虫のように私に依存する人もたくさんいた。それが気持ち悪かったんだ。もう、私は人助けをすることが正義の味方だと思えない……」

おじさんはそこで口を閉じた。本当に話したかったから話しただけなのだろう。コメントを要求されているわけでもない。だからぼくは思ったことをそのまま口にした。

「おじさんがどうして正義の味方になろうとしたのかは知らないですが、単純に向いてなかっただけじゃないですか？」

「そうかな？」

返事が来るとは思っていなかったから少し驚いたが、ぼくは続ける。

「はい、そう思います」

要するに褒めてもらえずに拗《す》ねたわけだ。そういう意味ではぼくよりも子どもっぽいかもしれない。ただスケールが全然違うから無理もないかもしれない。

「おじさんは今は正義の味方ではないと言いましたね。それじゃあ何故ぼくに声をかけたんですか？」

「何故って、君が雨に濡れそうだったからだよ」

「ならおじさんは正義の味方とか関係なくそういう人なんですよ」

おそらく、おじさんの言う正義の味方は人間ではない。見返りを求めずに人を助けるロボットとかシステムのほうがしっくりと来るだろう。

「ぼくが困っているのを放っておけない、ただのおせっかいです」

「……そうかな？」

おじさんがもう一度聞いてくる。

「はい、そう思います」

ぼくも同じように答えた。


おじさんの話を聞いているうちに雨が上がった。まだ明るいが日も短くなってきたから早く帰らないとすぐに暗くなるだろう。その前に聞きたいことが少しある。

「少し質問してもいいですか？」

「うん、なんだい？」

「なんでぼくにあんな話をしたんですか？」

「君に話したら楽になる気がしたからだよ」

「それだけですか？」

「それだけ」

「下手したら人間不信に陥りますよ」

「人間不信って言葉を知っていて、人を疑える君なら大丈夫さ」

「それもどうかと思いますけどね」

ベンチから立ち上がり背中を伸ばす。

「それでは、帰ろうと思います」

おじさんはベンチに座ったまま手を振る。

「うん、気をつけて帰るんだよ」

そこでぼくはまだ言っていなかった言葉を頭を下げながら言う。

「今日はありがとうございました。おかげで助かりました」

「そんなつもりは無かったし、礼はいらないよ」

「それでもぼくは助かりましたから、お礼は言いますよ」

「そうかい？　ならありがたく受け取るよ」

またぼくは頭をさげた。


「最後に一ついいですか？」

「なんだい？」

「おじさんは正義の味方ですか？」

「いいや、ただのおせっかいさ」

『僕』

僕の父親は正義の味方なのだろうか。

父親は一時期に正義の味方として有名だった。亡くなった時も多くの人に悲しまれるほどに影響を与えた人物だった。

ただ、父親は自分のことを正義の味方と思っていたのだろうか。

僕の目標は正義の味方だ。なら何故それを目標にしたのだろうか。おじさんと話すまで考えたことがなかった。

僕にとって正義の味方とは、ろくに会ったこともない父親だったのだ。しかし僕には父親のことを知る術《すべ》がほとんど無かった。父親の葬儀に来た人と連絡を取る手段が子どもの僕には無い。そもそも連絡先がわからない。そして唯一ともいえる情報源である母さんには聞けなかった。あの母さんが悲しむ姿を見て幼心に父親の話題はタブーであると感じたからだ。

だからきっと父親を正義の味方に置き換えた。正義の味方を知ることで父親を知ることができると勝手に思っていた。僕が父親を正義の味方にしていた。

しかし今は違う。父親と正義の味方は切り離された。正義の味方が目標であることは変わらない。だが、正義の味方ではない父親をさらに知りたくもなった。

父親のことを知るには今まで僕がタブーとしていた母さんに問うしかない。


覚悟を決めて母さんに尋ねてみた。すると驚くほどあっさりと答えてくれた。

「あなたの父さんは真面目で誠実でとても有能な人だったわ」

父親は母さんの部下だったらしい。母さんの話を聞くと仕事が早く、的確で、人一倍働く人だった。

「しっかりしてたけど、儚《はかな》げで消えてしまいそうだったわ。そこに惚《ほ》れたんだけどね」

こういうことをはっきりと言えるから家の母さんはかっこいいのだ。

「あと、なんでも自分で背負おうとする人でもあったわね」

そこからいくつかのエピソードを聞いて印象的だったのが低い自己評価だ。良く言えば謙虚、悪く言えば卑屈とも取れるような人物だったみたいだ。

「海外に行ったのだって、こんな自分でも役に立てるかもしれないって理由よ」

母さんは泣いていない。いつもどおりの母さんだ。

そして突飛な質問だが、これだけは問いかけないといけない。

「僕の父親は正義の味方だと思う？」

だが母さんは見透かしたように平然と答える。

「いいえ、違うわ。だけど父さんは底抜けに優しくてお人好しだったのよ」

優しい笑みを浮かべながらそう答えてくれる。僕が知りうる人の中で一番父親のことを知っている人の言葉だ。それは父親が正義の味方であるよりも素晴らしく、誇れることだと思った。

「それにしても、変な質問しといてなんだけど、なんであっさり答えられたの？」

ふと、思った疑問を口にする。

「貴方が父さんに興味を持ってるのは知ってたからね。この前の雨の日から少し大人っぽくなったから訊かれる気がしたのよ」

今度は豪快に笑いながら言う。

また、『大人っぽい』だ。

「じゃあ、なんで今まで訊かなかったと思う？」

「貴方が底抜けに優しい子だからじゃない？」

おじさんにも敵わなかったが、こっちもまた敵わない。


自己評価が低く、自己犠牲的な人物。

僕は自分の父親をそう感じた。

そんな人が自分のことを正義の味方だと到底思えないとも思う。

だけど、正義の味方ではなくても優しい人だと知れた。

父親の情報という意味ではほんの一部だろうが、知れてよかった。

父親は正義の味方ではなくなってしまったが、僕の根幹の大事な部分に深く関わっただろう。

僕は正義の味方を目指している。
父親でもなく、おじさんでもない。
僕の思い描く、僕が理想とする正義の味方だ。
なら、どうすれば正義の味方になれるだろうか。
答えは簡単だ。話を聞いて、考えて、行動するだけだ。

著者プロフィール
水上 清（みずかみ せい）
1991年12月13日、山梨県生まれ。
信州豊南短期大学卒業。
山梨県在住。

ぼくとおじさんと正義の味方

2015年１月15日　初版第１刷発行

著　者　水上 清
発行者　瓜谷 綱延
発行所　株式会社文芸社
〒160-0022　東京都新宿区新宿1－10－1
電話　03-5369-3060（編集）
03-5369-2299（販売）

印刷所　広研印刷株式会社

ISBN978-4-286-15577-7